シンプルライフ

Simple Life

森邦夫

港の人

シンプルライフ　目次

シンプルライフ

猫と暮らす

遠い記憶

シンプルライフ

ドルチェ（Dolce）

動かなくなった時計をまだ持っていた
金色の縁取りがある薄く小さい品で電池式
ドルチェという名のお気にいりの品だった
まだ売っていると知り、新たに買った

長年使い続けているスピーカーの名は
ドルチェという
高価ではないが素直な癖のない音を出す
室内楽を聴くのに向いていると思う

毎週一回立ち寄り、ランチを食べるレストランがある

その店名は「ドルチェ」という
すいていれば、シェフに料理のことを尋ね
ウェイトレスと少し雑談する

毎朝、豆を挽いて苦みのあるコーヒーを飲むのが習慣だが
この生活が苦いわけではない。「ドルチェ・ヴィータ」とは言えない
「ヴィータ・ノーヴァ」でもない。苦くも、甘くも、新しくもない
むしろ「シンプルライフ」がふさわしい

フォト・スポット

舊《きゅう》城寺はどこですか、と家の前で尋ねられたことがある
そこはわたしの家からまっすぐ歩いて二分とかからない
あまり知られていない城址跡にある
境内では大きな樫の木とイチョウの木が向かい合う

イチョウの木は秋になると大量の葉が茂り銀杏の実がなる
その時季の匂いは強烈で、近くを通るときは
つい避けたくなる。それでもその大木前は
近所で唯一のフォト・スポットと言える

近頃そこを通るときはいつも

誰か来客があればそこで写真を撮ろうと思う
でも来客はない

海を見たい

毎日、庭の雑草を見て
この雑草を取らなくてはと思いながら
もう五月に入る
雑草であっても緑は眼に心地よい

青は、上を見上げれば空にある
晴れた日には雲があっても薄い青色が見える
でも海の青が見たい
どこであれ今は行けない

瀬戸内の直島で、朝、宿を出て

日の光に輝く海で、浮かぶ小舟から
漁網がうたれるのを見たことがある
あれは気持ちが良かった

でも、見たいのは青い海だ。仕方なく
ウィンズロー・ホーマーの海の絵を見ている
劇的で暗いカラーコーツの海、ナッソー、キーウェスト、
キューバの明るい海、そして最後にプルエーズネックの暗い海
水彩で描かれた南国の海が特別に心地よい

＊わたしが見ているのは古本で入手した大判の画集。
Winslow Homer (Crescent Book, 1990)

電話、メール、時々手紙

遠方の兄と長電話をする
コロナ感染症、読んだ本のこと、聴いた音楽のこと
最後は、では気をつけてと終わる

メールでS先生が亡くなられたと知らせがある
すべては済んだとのこと。ただ結果を受け入れるだけ
あの方も亡くなられたのか

丁寧に包まれた小包郵便が届く、あ、Mさん？
開けてみるとチョコレートと手紙が入っている
返事を書かねば

朝、昼、晩

ヨーグルト、ハムエッグ、茹でたブロッコリ、トーストにコーヒー
　ペペロンチーニ、野菜サラダ、キューイフルーツ、そして紅茶
　　鰆のホイル焼き、茹でたアスパラ、わかめスープ、そしてごはん

交響曲「朝」はとてもすがすがしい
　管弦楽曲「海」を聴いて、昼にはこうなるかと考えてみる
　　ピリスの弾く「ノクターン」を久し振りに全曲聴く

「日曜日の朝」と土曜日の朝に変わりはない
　公園で親がマスクをして子供と遊んでいたが、「草上の昼食」はない
　　近頃は、空を見上げても「星空の夜」はほとんどない

「覆された宝石のような朝」は来ない
唐突に「旅へのいざない」に心揺らぐが、どこに行くこともできない
もうずいぶん前からひとりだけの「夜になじんで」いる

数の認識

感染者数、東京九二五人、神奈川二七七人、埼玉二七八人
死者合計一万千百十人
毎日増加するこれらの数字にわたしは困惑する

わたしは十以上の数を、たくさんとかいっぱいと語る
幼児のように、数字の認識が鈍く記憶できない
せいぜい、多数のとか、無数のとかいうことしかできない

東北大震災のあと、橋のたもとまで流され
幾重にも重なった多数の車を見た
公園に積み重ねられて汚れたままの

無数の冷蔵庫、洗濯機、そしてタンスを見た

ボランティア宿泊所に行く道すがら、ドライバーが
「このあたりに立っている旗は、ご遺体が
見つかったところです」と語るのを聞き
散在する多数の赤い旗にひどく動揺した

荒れ野にたった一軒、鉄骨だけが残った建物の屋上に
漁船が乗っているのを見た
一瞬、現代アートのオブジェと見まがったが
見直せば、破滅した地球に唯一残った遺物に見えた

グローバリズムに便乗したこの狡猾なウイルスに
わたしたちは勝てない
逃げ回るか隠れるかのどちらかだ

せいぜいワクチンという不確かな武器を用意して
わたしはベッドに横たわる無数の感染者のことを考える
意識を失ったまま死んでいく多数の人間のことを考える

＊ここで言及しているのは宮城県多賀城市、
気仙沼市、南三陸町の光景

「今宵ただひとり（Je suis seule ce soir）」

わたしは台所で食器を洗いながら
‘je suis seule ce soir’と歌っていた
「この頃歌ってるその歌、なに？」と
あなたは尋ねたが
わたしはジュリエット・グレコが
歌ってる曲と答えただけだった

歌詞は、あなたの愛を失いわたしはひとりだと続き
さらにそれでもわたしは待っていると続くが
わたしはそれを伝えなかった
あなたがいてもひとりだと、その時

わたしが考えていることも語らなかった
いまわたしはこの曲を歌うことはない

「亡き王女のためのパヴァーヌ」

三月、庭には、地面を這うように
クリスマスローズの白い花が
うつむいて咲いていた

五月、手入れもしないのに
毎年ピンク色の花を咲かせる玄関先の
バラのつぼみが三つ見える

緑に茂ってはいるが
虫食いだらけの葉の上に
もう少しでアジサイが咲きそうだ

南の垣根に絡まり横に広がった
黄色のモッコウバラはしばらく前になくなった
西の垣根に青紫の大ぶりの花を咲かせた
テッセンもいつのまにか見えなくなった

あの三月、病院の庭に満開に咲いていた桜を
病室の窓からあなたに見せたかった
でも、あなたはもう窓の外を眺めることさえ
できなかった

亡くなった四月、庭に
赤と黄色のチューリップが咲いたが
今は手入れの行き届かない場所に
二度とチューリップが咲くことはない

バッハ「ゴルトベルク変奏曲」を聴いた後で

ヴァイオリン、ヴィオラ　そして
チェロで奏でられる
冒頭のアリアは
嘆きの歌に聞こえる
変奏が繰り返され
カノンが入る
さらに変奏が繰り返されると
少しずつ、少しずつ
こころの奥底に沈んでいた悲しみが
表層に湧き上がる
あれやこれやの

ひとつひとつの悲しみではなく
ずっと潜んでいて隠れていた
形の定かでないものが
表層へと立ち昇る
変奏は続く
その音楽に身をゆだねるうちに
少しずつ、少しずつ
湧き上がったものが
溶けていく
ただひたすら
変奏を繰り返す音楽と
感じていたものが
最後に
アリア・ダ・カーポを聴くときには
嘆きに聞こえたアリアは

慰めのアリアに
変わって聞こえる
八十分ほど聴き続けて
起こることはこれだ

＊ここでわたしが聴いているのは、弦楽三重奏に編曲された演奏のCD（DG, 2006）。ヴァイオリン（ジュリアン・ラックリン）、ヴィオラ（今井信子）、チェロ（ミッシャ・マイスキー）の演奏による

美術館・回想断片

「ボスに驚く」（プラド美術館、マドリッド）

もちろん、ゴヤを見に行った
あの悲壮な美しさの完璧な作品
「一八〇八年五月三日」を
銃を向け、機械のようにたち並ぶ兵士に向かい合い
十字架上のキリストのように両手を広げた男の姿を

だが、ボスの「快楽の園」には仰天した
祭壇画を模した三幅の絵の中央では
性欲に支配された獣としての人間を描いて

画家は右側の報いの地獄の中で笑っている
「きみもまた同類かい」と言いたげに

「ベートーヴェン・フリーズ」（分離派の館、ウィーン）

金色の葉で飾られたドームの地下に降りると
頭上一メートルほどの壁面に、ぐるりと取り囲むように
クリムトの描いた九点のフリーズが見えた

甲冑を着た男がベートーヴェンなのだろうか
歪んだ表情の瘦せた女、太鼓腹の女
ゴリラのような動物がいる
甲冑を脱ぎ捨てた男は女を抱擁する

これがベートーヴェンの音楽となんの関係があるのか
官能とも怪奇とも無縁な男の音楽と

「クリムトの風景画」（オーストリア美術館、ウィーン）
わたしには黄金の「アデーレ」も「接吻」もどうでもよかった
色とりどりの花が咲き乱れる「けしの花」の野原と
道に覆いかぶさるように緑の樹木が生い茂る絵に見入っていた

「雪景色」（美術史美術館、ウィーン）
ブリューゲルの雪景色は美しい
もちろん「雪中の狩人」の景色も

だが「幼児虐殺」にハッとする
美しい雪に覆われた村でむごたらしい虐殺が行われるのだ
必死に懇願する母親たちを振り払い、兵士は幼児を連れ去る
物語とはいえ、この残酷さと雪の美しさの対比に胸を打たれる

「クロイスターズ」（メトロポリタン美術館別館、ニューヨーク）

一角獣のタペストリーを見に行った
中世の暗い部屋の静寂の中で、近づいてやっと見えた
外でバスを待つと、風に乗って聞こえてきたのは
マンハッタンの騒音だった

帰りのバスで居眠りをしてしまった
目が覚めて周りを見回したら

わたし以外はみんな黒人だった
あそこはハーレムだったのか

「ありふれた事物」（メトロポリタン美術館、ニューヨーク）

アメリカ一九世紀の大画面の絵をゆっくり見て廻った
「ワシントン、デラウェア川を渡る」とか
ハドソンリバー派の絵画など。そのあとに
縦七〇センチ、横六〇センチほどの板のような画布に
封筒、新聞の切り抜き、使用済みのはがきを
組み合わせ貼り付けたような絵を眺める
まるで実物のように見えるこの絵の作者
ハーネットのこだわりに笑ってしまう
「物」にこだわるアメリカ人の原型か

＊ウィリアム・ハーネット（一八四八―一九〇七）

「日曜日の朝」（ホイットニー美術館、ニューヨーク）

大きなゴンドラのようなエレベーターに乗り
アトリエにでも案内されるのかと思いながら
展示会場に向かった
ホッパーの描いた平凡な街の光景を見た
人がいた気配はあるのだが、人は描かれていない
生気を欠いた「日曜日の朝」を
奇妙な絵だと思い、長いこと見つめていた

「うごめく生き物」（グゲンハイム美術館、ニューヨーク）

らせん状のスロープを廻りながら歩いて昇り
着いたところはカンディンスキーのコーナー
抽象に至る前の絵では、人影のような
動物のようなものがうごめいている
ついに抽象に至ったらしい絵でも
何か正体不明の生き物がうごめいている
これを人は抽象画と言うのか

「突き出た足」（MOMA、ニューヨーク）

以前はロダンの「バルザック像」を見ながら
エスカレーターで階上に向かったと覚えていたが

随分と広くきれいになったMOMAに入り
モダンアートの刺激的な作品群を見るのに疲れた

この後で見たロバート・ゴーバーの
突き出た足に笑ってしまった
本物のような足は壁面から突き出ていた
ズボンの布地は本物、靴も靴下も本物
足の皮膚は生きている人間のようで、
すね毛までそっくり再現
「モダンアートだって、そんなものは
蹴っ飛ばせ」と言っているようだった

＊ロバート・ゴーバー（一九五四—）

アメリカは遠い

「コロラド山脈の向こうに
日が沈んでいきます」と
アナウンサーは語った
わたしはＭＬＢの中継を見ていたのだ
こんな大自然のアメリカに
ついに接することはなかった

車を運転しないわたしは
運よく誰かの車に便乗し
都市近郊を旅しただけだった
ニューヨーク周辺、ボストン周辺

サンフランシスコ周辺　そして
ペンシルヴァニアとデラウェア
ワシントンＤＣとヴァージニアへ

中西部と深南部に行ったこともなく
よくもアメリカを語ってきたものだ
アメリカ文学に迷い込んだのが偶然で
今はもう遠くなってしまったアメリカ
「半ば野蛮な国」から
半ば狂った国になったアメリカに
もう二度と行くことはないだろう

熱狂と悲惨から遠く離れて

オリンピックの中継放送はあったが
コロナ病棟の中継放送はなかった
熱狂のライブはあったらしいが
悲惨のライブはありえない

二、三の競技の中継放送を見たが
特に記憶に残ったものはない
コロナ感染者は増大し、死者数は
九月末日で一万七千人を超えた

この狂おしい夏、よく知っている人物

二人の死を知った
葬儀は行われなかったし
コロナ感染者の統計にも含まれない

狂いつつある気候に
素知らぬ顔をして
新聞の写真とテレビのニュースは
しきりに秋を演出する

紅葉の秋の景色です
今真っ盛りのもみじですと
朝夕に秋を感じても暑い日が戻り
暑いか寒いかを繰り返しただけではないか

コロナの死者たちは

悲惨な統計として示されるが
この悲惨から遠く離れていた者には
ただの数字になるのだろうか

わたしはロビンソン・クルーソーではない
冒険を求めそのせいで孤立しているわけではない
知恵を尽くして孤島で生き延びるのとは違い
買い物にでかけ、病院に行く

フライデーはいないが猫がいる
猫と遊び、世話をし
本を読み、音楽を聴き
時にじっと無を見つめる

株について

グローバルな政治経済情勢を反映し
株が乱高下しているのは懸念材料だとか
そんなものを持っていないので
知ったことかと思う

世界中を駆け巡っているコロナにも
いろいろな株があるという
変異を繰り返し、デルタ株とか
オミクロン株とかに変わる

やがてさらに伝染力の強い

新たな株に変異すると
医師たちは語る
困惑しつつ、やれやれと思う

料理の簡単な蕪はよく買う
味噌汁に入れるのが好きだが
ヒレ肉のソテーに、茎と一緒にソテーして
付け合わせにするのもいい

ちなみに、わたしという株は
ひところ値がついたが
以後低迷、随分前に
市場から退場した

行き着くところ

わたしは部屋を探して
さまよっている
確かにこの部屋なのかと
マンションの一室のドアを開ける

わたしは家を探して
さまよっている
ここでいいのだろうか
この玄関扉には見覚えがある

わたしは帰宅するための最寄りの駅を

探している。見覚えのある風景、建物を
通り過ぎ探すが、歩けば歩くほど
駅から離れていくような気がする

わたしはテキストを抱え
教室を探し、建物内の廊下を
ここではない、どこだと
行ったり来たりしている

これはわたしのよく見る
夢の話だ
事実、わたしはいろいろな場所で
よく道に迷った

地図の読めない人間とは

わたしのような人間のことだ。例えば
ボストンでは友人との待ち合わせの通りを間違えた
マンハッタンでは目的地に着くまで同じ場所を二度廻った

それでも、わたしの最後に行き着くところは
決まっているので
夢のなかとも実際とも違い
迷ったりすることはない

一月、雪。大雪のもたらす苦しみを知らないわたしには
ただ寒いだけの日より、新鮮な一日となる
空を見上げては
はらはらと舞い降りる雪にしばし見とれる

わたしは燃やされて煙となり立ち昇り

この空に消えてゆくだろう
冠状動脈内の細かい金属は燃え尽きるだろうが
歯のインプラント金属は残るかもしれない

潜んでいた欲望と隠していた後悔が
すべて燃え尽きて
消失することを考えるのは
なんとすがすがしいことか

ウクライナの女性

世界は残酷だ、人間はおそらく狂っている、だが
わたしに解決策はない　　チャールズ・シミック

例えば、眼前でひざまずかされ
頭を撃たれ殺された夫を見た女性が
これを語った時
胸に突き刺さったナイフが抜かれ
血が噴き出すように
涙がことばとともに噴き出した
ナイフが抜かれても
胸の痛みはとれることはない
この時間は繰り返し回帰し
現在の時間を満たし

未来の時間を奪うだろう
彼女の現在は、もう未来を入れる
余地がなくなる
現在は悲惨な過去に支配され
美しかった過去さえも
取り戻すことができないだろう

例えば、ひとりの母が
行方不明の我が子を土管の中に
殺害された死体として発見した時
彼女はその子と過ごす未来の時間を
永遠に奪われた
あれも、これも、できるはずであった
楽しいすべての時間が奪われたのだ
彼女の現在に、この場面が繰り返し回帰し

現在を支配する。そしておそらくは
彼女の未来の時間は
ほとんど永遠にこの過去の時間に
支配されてしまうだろう

ドクダミ

またもや庭の雑草取りを
怠ってしまった
家の周りいたるところに
ドクダミが繁茂している

根本から取り除かなかったせいで
また繁茂したこの草、マスクを通しても
鼻につんと来るこの匂いに
へきへきする

植物事典によれば、薬用の草で

煎じて飲むと胃の不調などに有効というが
信じられない
ただ不快な存在そのものではないか

このしつこい草の繁茂に
ふと、けして無くならない
悪意、邪悪なるものの遍在を
考えてしまう

土に根差し、いつまでも
この地上にしつこく存在し続けるもの
取り除いたつもりでも
根絶のできない悪臭を放つもの

過去に旅する

わたしは時速二百キロ以上の速度で過去に戻っていく
まるでタイムトンネルを通過するように
これが郷里に帰る列車で感じる感覚だ

車窓から遠方に見える
ありふれた低い緑の山並みを眺め
何故か安堵している

めったに行かない両親の墓地を訪ね
墓石が土台からずれているのに気づき

おやおや、と思う

兄や親せきと雑談し、初めて聞く
家族の過去のささやかな逸話に
少しばかり新鮮な驚きを覚える

あの人たちとわたしの共有する時間は
あとどれくらいあるのだろうかと
帰路の車中で考える

先ごろ、銀行員が訪れ「人生百年時代です、
預金を増やすために、投資をお勧めします」
と語った

「人生百年時代」という言葉にわたしは笑ってしまった

わたしの未来の時間は、いつも
二年ほどだろうと思って生きているのだから

海に向かう

車窓から見えた海に
一瞬の喜びがあった
江の島に向かった時だ

真夏のような六月に
島の上まで登り、相模湾を見渡し
下りながら海岸を眺めた

東浜の砂の上を歩き、沈む感覚を思い出し
しばらく、吹きつける強風の音と

波の砕ける音を聞き、帰った

今度は距離を伸ばし、岬まで来ているが
キーウェストに来ているわけではない
海を前に歌おうとしているわけではない

小さな山の緑の中をゆっくりめぐり
森の空気をふんだんに吸い込み
灯台へと向かう

雲の浮かぶ青空を背景にそびえる
真っ白な観音崎灯台を見上げ
海を見渡した後、馬堀海岸に降りる
青く灰色がかった海を眺め、波音を聞き

繰り返し寄せる波をいつまでも眺めていると
何かしら心の秩序ができてくる

終わらない三重奏

彼方に戦争があり
近くに地震と水害が発生し
感染症が世界を席巻する

銃撃によって穴だらけになった人家
砲撃によって崩れ落ちたマンション
ミサイルによって破壊された駅舎

水に浸された家屋
崩壊し、再建不能となった建物
土砂に押し流され残骸だけとなった町

救急車で運ばれる誰か
自宅で一人あえぐ若者
酸素吸入を受けながら死にゆく老人

戦争の行方は予測がつかず
大洪水と干ばつが、異なる地域に同時に発生する
未知の感染症すら誕生する

あるいは人間は、地球が
一度壊滅することを
むしろ覚悟したほうがいいのだろうか

おそらく、世界は終わらないが
傷だらけの球体に屍をまき散らしながら

回転し続けるのだろう

戦争と災害と感染症の三重奏は
狂気じみたワルツを奏でながら
変わることなく続く

わたしはただ、今のところ
どれにも巻き込まれていないだけだ

猫と暮らす

猫と暮らす

朝方眼を覚ますと、わたしの頭に猫のおしりが接している。灰色にはなったが、まだ十分ある頭髪を、同類の毛とみなしている。

朝、五時に「ウニャー」と鳴いてわたしを起こそうとする。知らんふりを決め込むと、体重六キロをかけてわたしの身体に乗る。(重たい、やめてくれ)

深夜にふと目を覚ましベッドから起きようとすると、身体が動かない。彼はわたしの両足に寄りかかって寝込んでいる。起こすまいとしてベッドを出ようとして足がひきつった。これが、他人からはかわいいとよく言われる猫なのだ。

一

きみはサッカーが好きだった。向かってくるボールを手で払いのけるキーパーが得意だった。でも、もうそれは飽きたらしい。

本能に目覚めてからは、ハンティングが好きになった。バッタ、カマキリはまだしも、トカゲを咥えてきて、どうだと居間に放り出す。逃げるトカゲを部屋じゅう追い掛け回す。ついに逃げられ、何とかしてくれとわたしの顔を見上げる。今頃、タンスの下か書棚の下に、三匹ぐらいは干からびてミイラになっているよ。

庭木に小鳥がやってきて鳴き、動き回ると、きみは色めき立ち、さっそうと待機の姿勢をとる。実にきまっている。でも、小鳥をとらえたことは一度もない。気が向けば、紐一本でも喜んで遊ぶ。問題は、夜の十一時過ぎに遊びたがることだ。

二

「哲学をかじる」とか「心理学をかじる」という表現があるが、きみはわたしの読む本はジャンルを問わず、読んでいるそばでかじっていた。新聞を床に広げて読んでいると、正確に読んでいる箇所に座り込んだ。パソコンを使っていたら、モニターとキーボードの間に座り込んだ。きみの知的関心は後退しているのか、こんなことはしなくなった。

わたしはパソコンでドラマ『ミステリー・イン・上海』を観ている。意味のわからない中国語の台詞を、ある種の音楽のように聞き流しながら、長身ハンサムな刑事に示す、ヒロインの媚態に見入っている。そこにきみが入ってきてじろりとわたしを見る。おまえはそんな女性が好みかと、軽蔑的なまなざしでわたしを見る。それから、机の上に放置している、ノート、本の上に飛びあがって乗り、寝そべる。おまえは何か仕事でもしていたのではなかったのか、とでもいうように。けむったいやつ。

三

きみは二度死にかけた。車に轢かれそうになり、急ブレーキをかけた音と、「ギャー」という声で、ああやったなと思った。幸い怪我無く済み、その後は手こそ上げないが、道を渡るときは左右をよく見るようになった。

もう一度は、偏食のせいで腎臓を悪くした時だ。獣医は検査の数値から、もう見込みはないと告げた。わたしは家で看取ることにし、病院から連れ帰った。

三日ほど寝ずにきみのそばにいたが、麻痺した後ろ足を引きずりながら、トイレまで這って行き用をたした。けなげなものだった。一週間ほど何とか持ちこたえた後、往診を依頼し点滴などするうちに、きみは奇跡的に生き延びた。

「猫には九つの命がある」という言い方がある。きみにはまだ七つ残っているのだろうか。生後六か月の保護猫だったきみを家に連れてきた時、一週間ほどはまさに「借りてきた猫」だった。つけた名前はバロン、この名がまずかったのか、その後は甘ったれでわがままな猫になった。わたしは、五年ほど王女に仕えたが、今では男爵に仕えている、と言っていい。

遠い記憶

オジイチャン先生

茶色に褪せた真四角の写真の中で
わたしと父は
砂浜に、海水着一つで立っている

毛髪は薄く、丸縁の眼鏡をかけ
貧相な胸を曝した父の前にいるわたしは
父の孫のようにしか見えない

わたしの父は
オジイチャン先生と呼ばれた
高等学校の英語教師だった

最も古い記憶は
寝る前に、布団のなかで
物語を語ってくれたことだ

シャーロック・ホームズとワトソンの対話――
「ホームズ、ホームズ」とワトソンは
ドアをノックした、と
父はわたしの胸を軽く指で叩いた
その物語が何であったかは忘れた

それでも、ポーの話は覚えていた
小学生のわたしは
「黒猫」を自分で読む前に
英語の難しさも知らずに

筋だけは知っていた

十年ほど前に、父の似顔絵付の
学校新聞のコピーが手に入った
病気入院を知らせる記事で
「なに、たいしたことはないんだ」と学生記者に語る
おじいさんのような父がそこにいた

＊病院に呼ばれて行ったとき、もう父は死んでいた。セミがけたたましく鳴いていて、ひどく暑い午後だった。十四歳の夏

野球狂時代

恋知らぬ猫のふり也球遊び
正岡子規

「グローブが欲しい」とわたしは言った

一高と二高の野球の定期戦に
連れて行ったのは父だ
わたしはひどく野球が気に入った

ボールが投げられ打たれ、捕られ投げられしして
打った選手は三つのベースを駆け回り
最後にホームベースに帰る、これは面白い！

最寄りの駅まで父を迎えに行き
父のカバンを持ち
線路の傍らの細道を歩きながら
わたしはグローブをせがんだ

やがてわたしはグローブを手にはめ
ボールを投げ、返してもらう相手を求める
野球少年になり、バットもよく振り回した
人と集いゲームをする野球狂時代の始まりだ

わたしが野球少年になり
少年野球のチームに所属し
毎日、ボールで遊んでいたことは
家族しか知らない

高等学校の体育の授業が、急に野球に切り替わったとき
わたしはサードの守備を見せて
同級生と教師を驚かせた
同級生の一人が「野球やってたの？」と尋ねた

わたしが初めて使ったグローブの色は濃い紫で
その後、持った木製バットの色も濃い紫だった

わたしの中の少年は、まだ野球をしたくてうごめいている

＊一高、二高とは、仙台一高、仙台二高のこと。六十歳を過ぎてもバッティングセンターに行ったことがある。その後はいっぱしの野球評論家のつもりである

わたしのヒーロー

唐突にわたしのヒーローはベートーヴェンになった
モーツァルトもシューベルトも聴いたが
ベートーヴェンはナンバーワンだった

トスカニーニ指揮、ＮＢＣ交響楽団
ベートーヴェン「交響曲第五番」
なんてかっこいい音楽だ！

登校途中の道すがら手を振りながら
鼻歌で歌っていたわたしを
通りすがった大人が変な顔をして見ていた

構わず全曲鼻歌演奏
学校まで歩いて約二十分
校門でしつこくコーダ

十五歳の頃
唐突にわたしのヒーローはベートーヴェンになった

＊ベートーヴェンの交響曲は、大人になり、四番と八番を除いて、敬遠してきた。パーボ・ヤルヴィ指揮、ドイツカンマーフィルの、壮快な五番を聴いて、あの頃を思い出した

Ｋ先生のスナップショット

一

わたしは向かいに腰かけている
その人の顔を黙って見ていた
薄い頭髪と眼鏡をかけたその顔は
よく知っている誰かに似ていた

二

Ｋ先生とわたしは並んで
西船橋駅近くを歩いていた
先生が依頼された講義を終え

わたしのアパートを訪ねて来た時だ
そのころのわたしの状況は
ほとんど「どん底」に近かったが
一緒にコーヒーを飲んだ店は「トップス」だった

三

夜に突然、K先生は
二人の同僚を連れて車でやってきた
「三人にコーヒーを出してくれ」と言われ
わたしは慌ててコーヒーの用意を始めた
粗末なアパートの六畳一間に三人の大学教授とわたし
なんという取り合わせか！

四

先生の研究室に特に用もなくいた
「スケニックという人、どんなもの書いてますか」と尋ねたりして
先生は「実験的なものを書いてるね」と答えたところ
部屋にノックがあり、席を外し部屋から出た
わたしはテーブルの上にあったコーヒーを勝手にいれて待っていた
「いれてくれたの」と戻ってきた先生

＊ロバート・スケニック（一九三二―二〇〇四）

五

奈良のある寺で、先生は正座して
僧侶の読経を聴いていた
その後ろで、わたしも正座して聴いていた
学会会場への道の途中で、偶然出会ったのだが
「一緒に行くか」と言われ「はい」と言ってついていった

寺を訪ねた理由も聞かなかった
あれは何のためだったのか、いまだにわからない
あるいは亡くなった息子さんに関わっていたのか
わたしはそこで先生を撮った
日付もない写真を持っている
背は高いとは言えないが、凛とした姿が残っている

＊K先生は、当時著名なアメリア文学研究者、ある来日したアメリカ人研究者は、もう一人の姓の同じ著名な研究者と区別するために「ドライヴィング　オ……」と言った。もう一方は「ドリンキング　オ……」だった。わたしは、お二方に教えられているので、それぞれを名前で区別して呼ぶことになった。

あとがき

「シンプルライフ」はコロナ禍が始まった頃から書き始め、二〇二二年八月末までに書いたもの。『猫と暮らす』もその頃書いた。「遠い記憶」は二〇一五、一六年頃書いていたものに手を入れてここに収録した。かつてアメリカ詩をよく読んでいた頃に、私的なことを劇的にあるいは赤裸々に語る「告白的な」詩人の詩は好まなかった。自分で書くことになったら、劇的なことは特にない私的なことを書いても、平気だと思えるようになった。わたしの生活は平凡でシンプルである。

明治生まれの父は、後に先駆的英語教育者となる萩原恭平氏と同じ教室で英語を学んだ。父親のことは、どこかに記録しておきたかった。こんな方法で記録した。ほかのことは笑って読んで欲しい。

表紙と本文中の猫（バロン）のデッサンはわたしが描いたもの。

翻訳『ほとんど見えない』、エッセイ『音楽の記憶』、そしてこの『シンプルライフ』、すべて、港の人社主、上野勇治さんにお世話いただきました。ありがとうございます。

二〇二二年十一月

森　邦夫　もり　くにお
一九四七年、宮城県生まれ。二〇一三年まで鶴見大学文学部でアメリカ文学・文化を教えた。鶴見大学名誉教授。
著書に『音楽の記憶』（港の人、二〇二〇年）、『詩と絵画が出会うとき—アメリカ現代詩と絵画』（神奈川新聞社、二〇〇二年）、翻訳にマーク・ストランド『ほとんど見えない』（港の人、二〇一七年）、『アメリカ現代詩一〇一人集』（共訳）（思潮社、一九九九年）、ほかに詩集『エドワード・ホッパーの絵　その他の詩』（私家版、二〇〇二年）などがある。

シンプルライフ

二〇二三年三月一日初版第一刷発行

著　者　森邦夫
発行者　上野勇治
発　行　港の人
神奈川県鎌倉市由比ガ浜三―一一―四九
〒二四八―〇〇一四
電話〇四六七―六〇―一三七四
ファックス〇四六七―六〇―一三七五
www.minatonohito.jp
装　丁　港の人装本室
印刷製本　シナノ印刷

ISBN978-4-89629-415-6